Der Garten

Pettersson und Findus haben sich vorgenommen, heute zusammen im Garten zu arbeiten. Die beiden staunen immer wieder, was es im Garten alles zu erleben gibt.

Die Gartenarbeit

Zuerst wollen Pettersson und Findus den Garten pflegen. Dazu nehmen sie einen 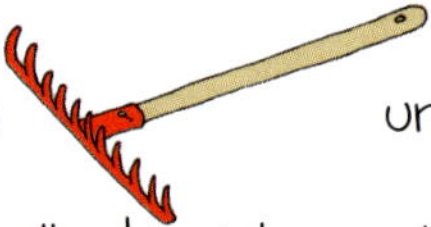 und einen großen , in den alles hineinkommt. Findus will unbedingt mit der  das große Blumenbeet gießen, aber Pettersson erklärt ihm, dass er den gelben  nehmen soll. Egal, Findus setzt sich sowieso viel lieber in den  und lässt sich von Pettersson durch den Garten fahren. „Das macht doch viel mehr Spaß", meint Findus und Pettersson schmunzelt.

Gartenblumen

Besonders schön sind die vielen bunten Blumen in Petterssons Gartenbeet. Da steht eine rote 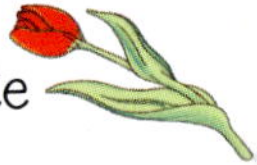 und dort lila . Nebenan steht eine weiße Margherite und eine große, gelbe . Das hübsche  und die helle Osterglocke gefallen Findus am besten, auch wenn er die Glocke einfach nicht hören kann. Woran das nur liegt?

Basteln

Pettersson und Findus haben den Boden gepflügt und Samen eingesät. Damit die Vögel nicht alle Samen wegpicken, bauen Pettersson und Findus eine Vogelscheuche, die die Vögel vom Beet fernhalten soll. Und so geht's:

Für den Körper der Vogelscheuche braucht man Stroh oder auch Basthalme. Mit einer starken Schnur werden die Halme fest zusammengebunden.

Dann zieht man die Vogelscheuche mit ein paar bunten Stoffresten lustig an. Aus buntem Filz werden Augen, Nase und Mund herausgeschnitten und aufgeklebt.

Damit die Vogelscheuche auch Lärm machen kann, müssen Blechdeckel von Konservendosen wie an einer Schnur aufgereiht werden. Lass dir dabei helfen.

Dann wird die Vogelscheuche auf einen Stab gesteckt und in den Garten gestellt. Fertig!

Und das brauchst du dazu:

- Stroh- oder Bastelhalme
- Schnur/Faden
- Stoffreste
- bunter Filz
- Deckel von Konservendosen

1)

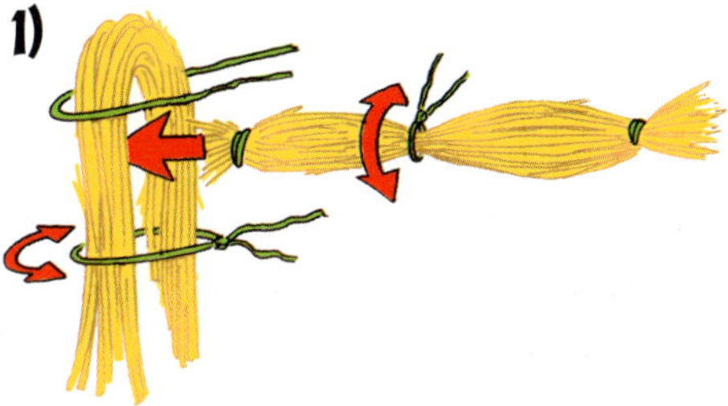

2)

Also mich erschreckt nichts!

Wortspiel

Pettersson hat ein Rätselheft geholt und rätselt ein bisschen. Kannst du ihm helfen?
Zwei Bilder ergeben jeweils ein Wort.
Finde heraus, welche zusammengehören:

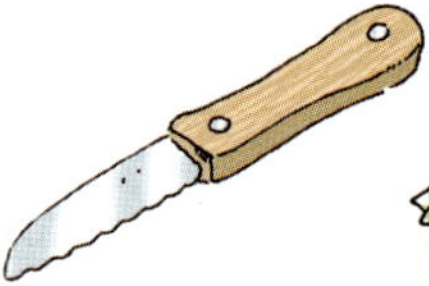

Schlüsselblume, Obstmesser,
Erdbeermarmelade

Das ist
ganz schön
schwierig!

Obst und Gemüse

Pettersson isst gerne frisches Obst und Gemüse, das er selbst im Garten anpflanzt. Oft macht er sich einen  und isst  mit ein paar frischen Kräutern. Ab und zu kocht Pettersson Kartoffeln und knabbert mit Findus ein paar . Wenn die Früchte reif sind, gibt es einen feinen Obstsalat aus  und Himbeeren. Aber am besten schmecken die Kuchen, die Pettersson aus , Pflaumen und Kirschen bäckt. Das duftet im ganzen Bauernhaus!

Ja, ja, sag' ich doch, Obst und Gemüse sind sehr gesund!

Spaß beim Essen

Obst essen ist sehr gesund. Und wenn es dann noch lustig aussieht, schmeckt es noch viel besser! Pettersson verrät hier, wie man aus einem Apfel einen leckeren Pilz macht. Lass dir auf jeden Fall von Mutti oder Oma helfen.

Zuerst wird der Apfel im oberen Drittel bis zur Mitte hin rundum eingeschnitten. Wichtig dabei ist, dass der Apfel nicht ganz durchgeschnitten wird.

Dann werden die restlichen zwei Drittel von unten her bis unter den oberen Einschnitt abgeschnitten.

Fertig ist der Pilz!
Die abgeschnittenen Stücke lassen sich ganz einfach essen. Und den Pilz selbst kannst du am Stil gut mit der Faust umfassen und rundherum den Apfel wegfuttern. Übrig bleibt dann nur das Kernhaus. Wie praktisch!

Mmmhh,
lecker!

Das brauchst du dazu:

- 1 Apfel
- 1 Messer

Rekorde

Erstaunlich, was die Natur alles hervorbringt!

Wusstest du, dass ein Mammutbaum bis zu 4000 Jahre alt und bis zu 90 Meter hoch werden kann?

Wusstest du, dass es Pflanzen gibt, die Fleisch fressen?

Wusstest du, dass eine Bambussprosse nur einen Tag braucht, um fast einen Meter zu wachsen?

Wusstest du, dass Pflanzensamen in der Wüste tausende von Jahren im Sand der Wüste überdauern können und bei Regen dann auf einmal blühen?

Wusstest du, dass ein Eukalyptusbaum bis zu 150 Meter hoch wachsen kann?

Gute-Nacht-Lied

Wenn es Abend geworden ist und die Sterne am Himmel stehen, setzen sich Pettersson und Findus oft gemeinsam hoch auf das Dach und schauen in die Nacht. Wenn Pettersson dann ein Gute-Nacht-Lied singt, schläft Findus ganz selig ein und die Welt ist in Ordnung.

Der Mond ist aufgegangen
und Findus ist gefangen
in einem schönen Traum ...

Er träumt von tollen Sachen,
die ganz viel Spaß ihm machen,
und Findus schnarcht,
man glaubt es kaum.

Der Mond scheint weiß und helle
und Findus auf die Schnelle
sucht einen Stern sich aus ...

Der Stern erfüllt drei Sachen
und Findus hat gut lachen,
denn er wacht auf
und fängt 'ne Maus.